AU REVOIR MONSIEUR FRIANT

Philippe Claudel est écrivain, dramaturge et réalisateur. Il est notamment l'auteur des *Âmes grises* (prix Renaudot 2003), de *La Petite Fille de Monsieur Linh* (2005), du *Rapport de Brodeck* (prix Goncourt des lycéens 2007), de *L'Enquête* (2010), de *L'Arbre du pays Toraja* (2016) et d'*Inhumaines* (2017). Ses principaux romans sont traduits dans le monde entier. Il a réalisé quatre films : *Il y a long-temps que je t'aime*, qui a reçu deux César, un BAFTA et deux nominations aux Golden Globes, *Tous les soleils*, *Avant l'hiver* et *Une enfance*, sacré meilleur film au Festival de Chicago.

Paru au Livre de Poche :

LES ÂMES GRISES

L'ARBRE DU PAYS TORAJA

LE BRUIT DES TROUSSEAUX

LE CAFÉ DE L'EXCELSIOR

DE QUELQUES AMOUREUX DES LIVRES...

L'ENQUÊTE

IL Y A LONGTEMPS QUE JE T'AIME

INHUMAINES

J'ABANDONNE

MEUSE L'OUBLI

LE MONDE SANS LES ENFANTS *et autres histoires*

LE PAQUET

PARFUMS

PARLE-MOI D'AMOUR

LA PETITE FILLE DE MONSIEUR LINH

QUELQUES-UNS DES CENT REGRETS

LE RAPPORT DE BRODECK

TRILOGIE DE L'HOMME DEVANT LA GUERRE

TROIS PETITES HISTOIRES DE JOUETS

PHILIPPE CLAUDEL

de l'académie Goncourt

Au revoir Monsieur Friant

ROMAN

STOCK

Ce texte a paru pour la première fois,
sous une autre forme, en 2001.

Pour Josette, amie fidèle,
et pour Nicolas,
grâce auquel ce roman a pu exister

J'ai passé une partie de mon enfance au bord du Grand Canal. Pas celui de Venise mais celui de Dombasle. On ne le trouve sur aucune peinture. Il n'a rien de pittoresque ni de somptueux. C'est un canal ordinaire, comme il y en a tant, bordé çà et là par de grands arbres dont les racines fouillent les berges et les crèvent parfois. C'est un chemin liquide qui sort de la petite ville pour aller dans la campagne, sous des nuages blancs, et finit par se perdre dans le ciel sans drame ni grand éclat.

Ma grand-mère vivait dans une petite maison au bord de cette eau faussement dormeuse. Elle était éclusière. Ce métier d'homme lui allait comme un gant. Le canal alors était parcouru par de lourdes péniches dont les ponts sentaient le goudron, le sel, le coke, le hareng et le café, la potasse et le vent. Il y avait chaque jour sur l'eau des morceaux d'Europe qui passaient ainsi, dans les remous et les tourbillons d'hélice. Grand-Mère veillait sur tout cela. Elle en était heureuse. Les vrais royaumes tiennent souvent dans le creux d'une main.

C'était une femme d'un temps où les gestes comptaient plus que les mots. Ses longs silences valaient de belles phrases. Il m'arrive souvent encore de penser à elle, même si j'ai perdu son visage, et j'ai beau le chercher très loin en moi, je ne rencontre plus guère que des débris de temps. Je ferme les yeux comme je le faisais quand je savais qu'elle allait m'embrasser les soirs où je dormais dans sa maison, et j'attends. Longtemps. Sans que plus rien n'arrive jamais bien sûr. C'est après tout le lot commun des hommes que d'apprendre à vivre avec de doux fantômes dont le nombre s'accroît sans cesse à mesure que les années meurent. Cela je le sais bien, mais je n'ai jamais été doué pour les apprentissages.

Chaque jour ou presque, après l'école, j'allais la retrouver dans sa petite maison de l'écluse, et je restais avec elle jusqu'au moment où, sortant de leur travail, mes parents passaient me reprendre. Nous causions de confitures et de poissons, de la vie des mariniers et des ragondins qui rongeaient les talus. Elle s'affairait toujours. « Il n'y a que les trimardeurs qui se reposent ! » Je ne savais pas ce qu'était un trimardeur. Je n'osais pas lui demander. Je prenais le mot comme un trésor.

Durant les mois de mai et de juin, nous allions chaque jour en cueillette. Nous partions côte à côte, mais elle marchait lentement, et je disparaissais bien vite dans les hautes herbes des prés à la recherche des premiers coquelicots. Elle m'avait appris avec les boutons de ces fleurs à faire de minuscules poupées à robe de pétales, qui très vite passaient leur couleur soyeuse pour n'être plus au bout de quelques heures que des hardes fragiles et molles, que je finissais par jeter, un peu déçu que la beauté s'effaçât si vite dès qu'on la tenait dans la main. Je ne pouvais savoir alors que cette déconfiture de pétales et d'étamines illustrait la part la plus acide de la destinée humaine. Grand-Mère ramassait à quelques mètres de moi de larges brassées de catiginaires pour donner à manger à ses trois lapins russes qui avaient des yeux de veau. J'organisais dans mon cerveau, avec mes fleurs écorchées à qui j'avais donné des noms de demoiselles, des bals de princesses. J'avais dix ans à peu près. C'est dire si j'avais le temps.

Lorsqu'il faisait mauvais, nous restions tous les deux dans la cuisine. L'étroite pièce avait un parfum de toile cirée et de fonte, de levure de bière, de parquet lavé. J'y prenais ma jeune vie comme un verre de sirop. Assis sur la chaise de bois clair à l'assise verte, mes pieds ne touchaient pas encore le sol. Ces quelques centimètres qui me séparaient du monde d'en bas, ce vide immense qui me permettait de battre des jambes, sans que rien n'arrêtât ce balancement joueur, expriment dans mon esprit aujourd'hui la distance exacte entre le bonheur et son assassinat. Lorsque j'ai écrit *Le Café de l'Excelsior*, je crois que c'est un peu tout cela que j'ai voulu revivre : j'ai créé un grand-père en pensant à Grand-Mère. J'ai pris un peu de vie et j'en ai fait un livre, comme il arrive parfois que certains livres nous aident à supporter la vie.

Sur la table de sa cuisine, il y avait toujours un litre de vin. Un vin rude qui n'attendait qu'un morceau de bœuf coupé en quartiers pour lui donner, à force de marinade et de savoir-faire, la noblesse d'un gibier royal. Un gros vin, propre aussi à couper les soifs des facteurs et des cantonniers quand ceux-ci couraient les chemins sous un juillet de canicule, et s'arrêtaient à l'ombre de la tonnelle de vigne vierge qui bordait la petite maison de l'écluse, pour réclamer à boire, reprendre haleine et s'essuyer le front d'un revers de main.

Bien des jours, au sortir de l'école,

abruti par les problèmes d'écoulement de baignoire et les conjugaisons, je posais ma tête ensommeillée sur la table de cette cuisine un peu plus grande qu'une main de forgeron. Buvant un bol de café au lait, je laissais mon esprit errer sur les pages ouvertes d'un large et vieux livre de géographie, l'*Atlas Dufour,* que je posais devant moi avec difficulté tant il était lourd, et dont les cartes d'un autre siècle, pâlement colorées, retentissaient des cornes des transatlantiques et des cris de guerre de peuples autant primitifs qu'insoupçonnables. Souvent aussi, me détournant du livre rouge et or, je regardais comme un spectacle le litron de vin posé sur la table pour deviner le petit monde qu'il abritait, et m'y perdre comme dans une fosse abyssale. Dans ce coma léger né de la chaleur et de la fatigue, j'entendais par moments le bruit de tissu froissé que faisait l'étrave d'une péniche lorsqu'elle fendait en deux le Grand Canal tout proche. Il faisait bon.

Le vin de Grand-Mère appartenait à cette tradition perdue des maisons ouvertes aux vents comme des cœurs purs. Jamais elle-même n'en buvait, se contentant seulement parfois d'en verser, dans un solide verre à facettes, une goutte ou deux, qui venaient dans l'eau translucide, pêchée au puits, comme d'éphémères nuages roses et poudreux, et puis se perdaient avant que le regard n'ait eu le temps de les fixer dans la mémoire. Sans doute Grand-Mère ne goûtait-elle jamais de cette poix écarlate que les ceps suaient chaque automne sur le flanc de la colline du Rambétant parce qu'elle avait dans sa jeunesse relevé trop de fois son père errant, souillé de sa propre lie, dans le caniveau ou l'ornière.

Je vois ce jeune homme, ce gamin, mort fracassé à vingt-neuf ans par l'abus de fée verte et de picrate, sur une photographie improbable, passée, diluée par les lumières des jours et les frottements de paumes qui trop souvent la caressèrent. Grand-Mère me montrait parfois cette icône, et je ne comprenais pas comment cet homme jeune, à la moustache blonde et à la pose avantageuse, avait pu être le père de ma grand-mère que j'avais toujours vue vieille, vive encore mais comme endolorie. Lorsqu'elle regardait l'image de l'homme de quarante ans plus jeune qu'elle, je voyais ses yeux retrouver l'éclat frais de ses premières années, lorsqu'elle était sans doute une enfant rose courant galoches aux pieds devant les garçons au crâne ras et aux culottes grises dans les prés de septembre où viennent bien trop tôt à notre goût les colchiques, les pieds bleus et les premières gelées. Ses doigts passaient sur l'image pâle du père lointain et mort et j'avais le sentiment qu'alors ses mains donnaient des baisers à cette ombre, ces baisers qu'elle n'avait jamais pu vraiment jadis lui déposer ni sur les joues, ni sur le front.

Émile Friant avec ses *Buveurs* m'a redonné cet ancêtre que je répugne à nommer, et je ne sais trop pourquoi – doit-on toujours savoir ? –, mon arrière-grand-père : moi aussi aujourd'hui je suis plus vieux que lui et m'apprête à basculer sur l'autre versant de ma vie qui m'entraînera comme un poids de plus en plus lourd vers les terres d'obscurité, dans un déclin qu'on nous promet désormais savoureux, exempt des déchéances et des maladies qui rendaient jadis impotents les hommes de soixante ans, et lassés ceux de quarante. Il est là, contre un mur, un « petit pan de mur » – non pas jaune celui-là, mais orangé, et qui n'espère en nul Bergotte pour le célébrer –, s'essuyant la moustache perlée de vinasse et passant le litre, la casquette débonnaire, le cul sur la terre, sans façon, en regardant son compagnon de fortune. Oui, c'est bien lui il me semble, la chaussure boueuse et le doigt sale, avec pour seul outil de travail le litron. Il y a non loin une pelle, une pioche et une charrette à bras, comme des insignes rejetés d'un labeur qu'on ignore, dont on se gausse, qu'on raille, et le petit chien roux, reproche vivant et jappeur, ou bien ami muet, indéfectible, à la truffe noire et trempée.

Pour un peu, le tableau de Friant me forcerait à penser que l'histoire de ma famille sans nom rejoint le plus convenu des romanceaux naturalistes. Et la plongerait dans l'infini délice des légendes à la peau dure que l'on se passe de bouche à oreille dans les lignées sans blason : mythologies des morts tragiques, gestes de drames publics, chansons humides pleines d'orphelins et de femmes grosses.

L'ami d'un jour s'empare de la bouteille de vin. C'est elle seule qu'il regarde. Le monde a disparu et avec lui celui qui la lui tend, qui la lui donne, dans cet entraînement aussi complice que suicidaire. Anarchisme de la poussière et du gosier creux. Fraternité de la vinasse et du titubement diurne. Les deux compagnons se serrent les coudes et les lèvent. Plus rien n'existe au-dehors de leur ivresse à venir. C'est leur beauté suicidée que le peintre a saisie, alors qu'il avait l'âge de ces hommes et les croisait sans doute chaque jour dans les rues. Car les rues sont pleines, on le sait, de gens que nous ne voyons jamais. Cela n'a pas changé. Cela ne changera pas.

Je ne pense pas que Grand-Mère eût aimé ce tableau. On ne peut aimer les choses qui nous parlent si ouvertement de nos tares, et les ravivent en les fouaillant au grand jour. En les rendant de plus fort belles alors qu'elles sont, pour ceux qui les vivent ou en meurent, tout simplement sordides.

Mais c'est bien là aussi le mensonge de l'art, et ce qui le fait à nos cœurs si précieux.

Tout baigne dans une blondeur rassurante, humaine, heureuse : le sol, le mur, les affiches illisibles sinon celle où l'on distingue le mot « bal » et qui suffit à ouvrir l'espace et le prolonger vers des guinguettes où le goujon frétille dans l'huile, tout enrubanné encore de farine poudreuse. Mythologie, toujours.

À une centaine de mètres de la maison de Grand-Mère, gisait une grande carcasse de fer que les orties et la stramoine recouvraient d'une verte musculature. Le fatras tordu avait la proportion d'un baleinier démembré, rongé par les sels et brisé par les glaces, droit sorti d'un roman au long cours.

J'y jouais souvent, ébauchant des épopées salines et des harponnages définitifs, à deux coudées des clapotements de l'eau douce à la surface de laquelle des ablettes écervelées balbutiaient des commérages. Ce n'étaient pas en fait les restes d'un bateau, comme me l'apprit plus tard un vieux veuf retraité de l'Usine qui avait été, quarante ans durant, vérificateur des tubulures – état qui restera pour moi toujours un grand mystère… –, et soupirant attitré, ce veuf, autant que constamment déçu, de Grand-Mère ; pas un bateau donc, me dit-il, ni même une barge, mais le corps désossé, offert aux lèvres dévorantes de la rouille, d'un café de plein air.

Où l'on retrouve le vin, encore. Mais celui-là léger, dégagé des octrois et qui dans les verres avait la couleur des dimanches et ce goût d'églantine sans doute, qui donne si bien au palais le désir de la soif tout en ne la comblant jamais. J'ai cherché vainement les girandoles, les plateaux des tables de bois, un reste de comptoir, des souvenirs de bancs où se pressèrent familièrement, comme droit sortis des charrettes d'*Une partie de campagne,* de petits commerçants portant belle-mère et femme grasse, futur gendre niais et tignasseux, fillette somptueuse s'apprêtant à marcher vers son destin étroit comme on va à la guillotine, et tout cela évidemment en face des regards amusés de beaux gars en maillot rayé, tout en pectoraux et mimiques ficelles, tandis qu'une rangée de séminaristes passent plus loin, le nez dans leur missel.

Rien. Il n'y avait plus rien. À peine quelques tessons déterrés – ongles cassés, doigts douloureux – d'un sol qui ne voulait pas s'en défaire. Ce n'était plus qu'une manière de décharge, mais sans les papiers gras, les rats et les relents de viandes faites. Heureusement un jour, longtemps après, la littérature m'aida à débroussailler vraiment l'endroit. Elle rebâtit les murs, fit tinter l'air de chansons, dressa les portes, les repeignit d'un vert pomme assez cocasse ma foi, agrémenta le toit, combla les vides. Elle me donna d'un seul tenant, et sans que je m'y attende, au détour d'une page – comme on dit parfois, avec quelque appréhension, au détour d'un bois –, mes reliques, mes visages, mes airs de valse et mes lundis chômés. Plus vrais que les vrais. Et puis plus tard, plus tard encore, il y eut Émile Friant, comme une évidence, une fin de chantier, un permis de voir.

Dans les somnolences complexes et sombres du musée de l'École de Nancy, où parfois des familles au grand complet viennent le dimanche après-midi digérer des repas de baptême, *Les Canotiers de la Meurthe* sont si peu à leur place qu'on les sent trépigner, bouillir, agiter leurs faisceaux de jeune vie que les peaux masquent mal. Tous ces gars-là ont refusé de mourir. Qu'ils soient entoilés les énerve encore, cent ans après. Ils éclatent le cadre, le gonflent démesurément jusqu'à l'apoplexie. Le tableau bouillonne. On l'entend crier, rire, jurer. Personne ne s'en offusque. Tout est là, c'est un son, un claironnement de vie. Un chahut. Le peintre est devenu musicien. Beau travail.

Et puis il y a l'été, on le sent. Ce n'est pas un tableau, c'est un four. L'été lorrain des chaleurs verticales, qui casse la nuque et les épis de blé, l'été des élytres frottés dans les soupirs d'un vent de Sahara qui verse parfois, comme une poussière d'ange, un sable rouge sur les campagnes piquetées de mirabelliers, l'été des cailloux blancs sur les chemins de calcine. On boit l'ombre des murs de chaux. La main rêveuse se coule dans le ventre glacé d'une fontaine. Le bronze des cloches s'épuise à lancer les heures. Les jours durent plus que les jours. Le temps devient une fièvre. Le pire est que l'on sait, l'on sent, l'eau toute proche, elle est là, oui, bien là, large et lente dans ses tourbillons amande, claire sur les gués, on entend même son chuintement moqueur quand elle saute le petit barrage pour bouillonner comme une écume océanique sur le dos râblé des goujons. Hors du cadre, elle nous envahit pourtant. Elle est le complément du visible. L'envers des sensations que le tableau concentre.

La table a été dressée au bon endroit,

près de la bâtisse séculaire, dans sa coulée noire. Chassé le soleil. On l'a feinté. Bonne blague.

On se lève pour aller chercher une bouteille. L'épaisseur de la maison de village recueille des froids d'hiver que l'on saisit en plein mois d'août sitôt le couloir central emprunté, entre grange et belle pièce. On s'avance dans la glace noire, et la peau devient celle d'une poule, le frisson gagne, on a fait quoi... cinq mètres, six mètres, mais soudain, on s'en retourne, on veut rebrousser chemin, on a peur, ce froid, c'est la mort, c'est si bête de penser cela, en plein été, les bras nus, avec tous les copains dehors, si proches et dont les rires nous parviennent encore, mais assourdis par des voûtes infinies, oui, si bête, et si vrai pourtant que l'on court comme un gamin, le cœur emballé, la tête pleine d'affolement, avec au ventre une panique inexplicable comme venue de nos huit ans quand un rien se muait en terreur, et puis, et puis... Mais enfin nous voilà soulagé, libre, et prêt à bondir de joie lorsque de nouveau le jour blanc de chaleur nous aveugle. On retrouve les yeux des amis, le sourire de Mélanie, une belle à chapeau panaché, hélée en venant tandis qu'elle marchait avec son ombrelle sur le bord du chemin, « Mais pourquoi aller voir ton oncle, viens plutôt avec nous ! », et qui est venue, et devant laquelle sur l'eau nous avons chacun rivalisé de bravoure à deux sous, et qui tout à l'heure, durant la sieste dans le grenier à foin, s'offrira peut-être, peu farouche, à l'un ou l'autre, mais lequel ?, nous sommes si nombreux... Finie la frayeur à bon compte. Reste l'été. Le règne de l'été. Lui seul. Notre vie comme un long tapis devant nous, uniquement devant nous, sans haine, sans guerre, sans fâcherie, avec d'infinis dimanches comme celui-là, car ce ne peut être que comme cela, la vie, et rien d'autre.

Le patron présente un canard doré clapotant encore sous sa graisse craquante. Des alouettes dans le ciel jouent à aiguiser les couteaux. Paul tranche du pain. Sidoine encore debout nous rejoint seulement. Les barques toutes proches s'endorment contre l'oreiller des berges. «Alors cette bouteille, tu l'as bue en route ou quoi?» On rit à pleines dents. Il fait si beau.

Chaque après-midi des beaux jours, un vieux pêcheur prenait sa faction près de l'écluse de Grand-Mère. Il bougeait peu. On l'aurait cru à peine vivant au point que son immobilité me faisait un peu peur, de même que l'immense chapeau qu'il portait avec constance, sous pluie et soleil, et qui dérobait son visage dans une flaque d'ombre. Jamais je n'ai vu ses traits. Il reste comme un dieu caché dans mon imparfaite mémoire. Mais je l'épiais longtemps avec la patience d'un milan surveillant à cent mètres le campagnol dans les regains. Parfois, d'un geste précis autant qu'économe, il relevait sa canne en bambou couleur de miel et sous le bouchon de balsa, la gueule piquée à l'hameçon, un gardon aux nageoires rousses se trémoussait comme un damné. Je regardais le pêcheur sans visage du haut du pont de l'écluse, le coude posé sur la rambarde tordue, dans une attitude d'abandon admirative. Les mots et les questions me restaient dans la gorge. Ou bien je l'observais de loin, quand nous étions en bande, les jumeaux Waguette, François Treffel, Alain Sars, Éric Chochnacki, le gros Voignier, Didier Simonin, le petit Guignard, et que certains luttaient dans l'herbe comme des faunes superbes ou de petits ilotes, torse nu, tandis que d'autres en slip s'apprêtaient à se jeter à l'eau. Moi, je n'enlevais jamais mes habits, même sous les pires chaleurs, prétextant que ma mère me l'interdisait à cause du soleil et d'une maladie de peau héritée d'un grand-oncle parti en expédition au Tonkin dans les années 1890. Deux bocaux de café vert, gardés dans notre grenier comme des objets du culte, témoignaient d'ailleurs de son périple indochinois. Au vrai, il n'y avait pas plus de dermite que d'interdiction maternelle, mais seulement la honte, la honte de mon corps malingre, presque débile, qui me faisait ressembler à un coq mal fini à la chair pâle et aux os pointus.

Un jour, le pêcheur n'est plus venu. Ou peut-être au fond est-ce moi qui ai cessé de le regarder... Comment savoir, comment renouer les liens dans les labyrinthes un tantinet moqueurs des jours perdus ? J'ai gardé toutefois le goût des ponts tandis que la honte de mon corps quant à elle s'estompait – il faut bien que vieillir amène malgré tout quelques fragiles avantages.

Pont de Fer, pont des Voleurs, pont de Neufcourt, pont de Rosières... Être au-dessus de l'eau tout en conservant les pieds secs. Le beau privilège. Passe l'eau, et repasse, et nous autres comme couchés sur elle dans son lit de bronze miroitant parsemé de chevelures d'algues. Est-ce la vie alors que contemplent en dessous de leurs bras noués les amoureux innombrables qu'attirent les ponts sur les rivières ? Leur vie ballottée au loin de leur cœur qui palpite et qui n'ose encore tout à fait s'ouvrir. Je fus amoureux fou à dix ans, puis à onze, puis à douze... et cela jamais ne s'est arrêté sinon qu'ensuite je fus éternellement, et le suis encore, amoureux de la même. Ah! mes fillettes de jadis, aux yeux bruns ou bleus, petites estompes aux senteurs de pommes, qui sont devenues des femmes ou des mortes, souvenez-vous que je vous ai conduites sur les bras des canaux, tandis que ma grand-mère préparait nos goûters et que j'avais dans ma poche les plus belles déclarations d'amour fleuries de fautes d'orthographe, sur papier quadrillé, encre violette, et que je ne vous ai jamais faites!

J'étais amoureux au printemps, toujours, et quand je sens encore chaque année le parfum des lilas, mon cœur cogne fort et le visage de Marie-Lise Sadeck immédiatement revient en moi, et le trouble aussi que je ressentais en sachant que, chaque matin dès huit heures, passé l'angle de la rue Louis-Burtin, j'allais la revoir, et vivre dans sa présence proche la plus belle des journées, en l'aimant, en fredonnant pour moi seul dans mon esprit les mélodies de Dave, de Claude François, de Michel Delpech, de Stone et Charden – l'une d'entre elles surtout, où il était

question de « Normandie », de « prairies » et de « bon lait » –, et en n'osant
jamais lui dire que je l'aimais, mais
en la voyant sans cesse, en ne laissant
jamais mon regard aller ailleurs ; et ce
trouble de nouveau me saisit chaque
année, à chaque floraison de lilas, et
avec lui maintenant la question de
savoir combien de fois encore je pour-
rai être emporté par ce vertige né d'une
fleur, de son volume mauve ou blanc, de
sa lourdeur élégante qui s'exprime avec
le plus d'infinité dans les soirs de mai
tandis que les premières hirondelles
écrivent au ciel des poésies sur le vent,
et que la nuit qui vient semble être un
prolongement paisible à l'état de rêve-
rie et non pas l'amorce d'un dévorant
déclin.

Je ne crois pas aux *Amoureux* de
Friant. Je ne sais pourquoi. Il y a sans
doute à mes yeux trop de drame dans
cette toile. Ou trop de distance. C'est
un dimanche, il l'a conduite dans le
paysage, comme on vient à la paresse,
en se disant que peut-être à son sortir on verra sous un jour neuf et plai-

sant les habits défraîchis, les êtres qui nous ennuient et les tâches détestées. Oui, c'est cela, il n'y a plus de croyance. Les ténus fils de la Vierge qui font les amours naissantes se sont rompus comme des amarres pourries. Elle aussi d'ailleurs doute et se trahit dans cette pose qu'on pourrait croire douce et qui n'est qu'ennuyée. À quoi songe-t-elle donc cette jeune fille qui ne le regarde déjà plus, qui ne lui sourit plus, qui attend, dirait-on, que tout cela finisse, mais en douceur, sans larmes, sans cris, sans égarement ? Ses yeux partent vers le lointain, dans le vague de cette journée d'automne tandis que le parfum de la vase qui monte des berges se mêle à celui de l'herbe ravivée par les fraîcheurs du soir. Les pelouses des bords de Meurthe se sont refroidies comme les cœurs, et ce qui s'était noué dans la promesse d'un été rougeoyant s'est perdu à mesure qu'a faibli l'étouffement solaire.

Je songe à ces jeunes filles résignées, aux métiers disparus, modistes, petites mains, chapelières, brodeuses, et qui dans la grande ville se sentaient comme au cœur d'un étrange système propre à les massacrer. Le premier homme, pour peu qu'il fût sérieux et travailleur, « honnête » disait-on alors, prenait à leurs yeux des airs de messie. La gentillesse faisait office d'amour et beaucoup ont vécu gorgés de la première sans même connaître le second, ne fût-ce qu'une journée. Au fond, cela n'a guère changé, sinon que les couples d'aujourd'hui se diraient : « Au revoir, non, je t'en prie, je te quitte, oui, je crois que cela est mieux, je t'aime bien mais je ne t'aime pas », tandis que ces deux-là, la petite ouvrière au si beau profil de lait et de rose, et le garçon qui lui ressemble presque comme un frère, tout en ne s'aimant plus, s'apprêtent à nouer leurs deux vies comme des rameaux de lierre sur un tronc d'arbre mort.

Grand-Mère à seize ans partit pour la ville, avec pour seul bagage son courage et un petit sac de voyage en carton bouilli que ma mère, avec d'infinies précautions, prenait plaisir à me montrer, bien plus tard, comme une relique, ou le signe tragique d'une condition. J'ai toujours eu beaucoup de mal à imaginer cette jeune fille sortie de la campagne lorraine, tout empêtrée sans doute encore d'air pur, de parfums de foins fauchés, de manières grossières et de recommandations de curé, arriver dans le tourbillon gueulard de Nancy. C'était au début du siècle. L'autre.

Celui des premières automobiles, des chapeaux cronstadt, des colonnes Morris, et des existences saccadées comme le sont les démarches sur les premiers films du cinématographe. Elle y fut bonne pendant trois ans, dans différentes places. Jamais elle n'évoqua devant moi ce passé de courbettes et d'encaustique, confiné dans les boiseries goitreuses des demeures bourgeoises. Elle eut juste le temps de rencontrer dans la ville, au mois d'août 1918, un serrurier qui allait être mon grand-père, d'un an plus jeune qu'elle. Puis elle revint dans sa campagne, qui n'était au fond qu'à quelques kilomètres, comme tant d'autres de même s'en sont revenues. Grand-Père, le costume de marié suspendu comme un beau souvenir à une poutre du grenier, partit pour la Guerre, la Première, celle que l'on dit « grande ». Elle ne devait plus durer que deux mois mais ce fut amplement suffisant pour qu'il y mourût, trois jours avant l'armistice, d'une volée de mitraille prise en plein visage et d'un gros éclat d'obus dans le cœur. Il avait dix-huit ans et se prénommait Anne, perpétuant ainsi une tradition qui avait fait de ce prénom jadis l'apanage des hommes.

Grand-Mère le gardait, cet éclat de fer aux couleurs de puits terne, sur le buffet de sa minuscule salle à manger, comme s'il s'était agi du cœur même de celui qu'elle avait aimé et non de ce qui l'avait fait périr. Au mois de juin 1919, en habits de grand deuil, elle mit au monde mon père. Le nom de mon grand-père qui est aussi le mien est sur le monument aux morts de la petite ville où j'ai grandi. J'y ai appris à lire, à la fois dans la ville, et sur le monument. Mes premiers poèmes furent la litanie des noms et prénoms de jeunes garçons fauchés pour la France, ou par la France, puisqu'on peut dire les deux.

C'est Grand-Mère qui fut ma maîtresse d'école. Elle m'y conduisait chaque dimanche au sortir de la messe.

« Retiens par cœur ! » me disait-elle. Oui, par cœur, c'était bien le mot. Parfois, certains soirs où je dormais dans la petite maison de l'écluse, tandis qu'elle me croyait endormi déjà dans le grand lit où elle allait venir me rejoindre, je l'entendais parler à la photographie de son défunt mari qu'elle avait si peu connu. Elle lui racontait tout dans le détail, le nombre de péniches passées dans la journée, leur chargement, la gueule des mariniers, la propreté des coques, les averses, le gel, le rendement des framboisiers et celui des pieds de pommes de terre de son étroit potager. C'est pour cela que je fus si touché plus tard de lire le roman d'Antonio Tabucchi, *Pereira prétend*, dans lequel le héros devise si souvent avec la photographie de sa chère épouse morte qu'il finit par la ranger dans sa valise, mais en ayant pris le soin de ne pas la retourner, afin qu'elle puisse respirer, alors qu'il part pour toujours. Puis j'entendais le bruit d'un baiser, un doux bruit, mais jamais je n'ai osé regarder cette vieille femme tandis qu'elle donnait ce baiser que je sentais toujours amoureux à la photographie du jeune homme mort. Grand-Mère est venue, bien plus tard, s'installer dans mes romans sans que je l'y convie toujours : ainsi s'est-elle insidieusement incarnée sous les traits de Mme Outsander, cette logeuse énigmatique et cuisinière, veuve de guerre elle aussi, qui réconforte si bien le narrateur de *Meuse l'oubli*. Grand-Mère s'est installée dans les lignes tandis que j'écrivais, comme elle le faisait dans son vieux fauteuil pour ravauder chaussettes et chemises, et que tout ainsi était pour le mieux. Écrire est aussi un ravaudage, un ravaudage plus ou moins habile d'un vieux tissu troué de mensonges et de vérités que se passent les hommes entre eux depuis des millénaires.

Je me persuade que Friant, d'une certaine façon, ne fut pas très éloigné de ce jeune homme et de cette jeune fille accoudés à la rambarde de fer et qui jouent la comédie de l'amour. Nous avons tous eu dix-sept ans. Lui, vous, moi... On n'est pas sérieux quand on a dix-sept ans, refrain connu, et en plus on est bête. On court les rues. On a très peu d'argent. On n'entre pas dans les cafés parce que c'est bien trop cher, on les regarde de loin. On promène à n'en plus finir celle que l'on courtise sans trop oser lui dire : « Je t'aime », et sans trop oser lui dire, quelques semaines plus tard, une fois qu'on a hélas osé le dire, que cet amour, au fil de ces heures harassantes de promenade dominicale, est tombé en quenouille, que ses yeux que l'on trouvait si beaux nous paraissent désormais pâlichons, que sa bouche est moins fraîche qu'on avait cru, que son front est trop grand, que ses bras sont trop lourds. On s'arrête sur un pont. Il fait encore bon. Il n'est pas trop tard. On la laisse rêver. La nuit va tomber, et avec elle notre gêne. On se raccompagnera poliment, peut-être main dans la main, avec pour finir, oui, pour finir, encore un petit baiser déposé au bas du cou, là où le duvet se meurt en cheveu, et un signe de la main, avant de tourner le coin de la rue et, avec lui, une page froissée de notre jeune vie.

Je me souviens avoir parcouru des soirs durant la longue avenue d'Haussonville, battue par la neige grincheuse de cet hiver-là, et par une bise âpre comme une lime de ferblantier. J'avais un peu plus de dix-neuf ans alors, et je menais ces marches sibériennes pour les beaux yeux d'une jeune fille que j'aimais follement, qui ne m'aimait pas, qui habitait très loin dans une petite chambre, et à qui j'écrivais de balourds poèmes sirupeux.

Les amours juvéniles entretiennent des parentés avec les grandes diarrhées et comme pour elles, heureusement, peu de chose suffit à les faire passer. Il fallut juste un peu de temps, mais je guéris... On croit se mourir d'amour et trois mois après on savoure une bière brune à côté d'une épaisse choucroute dans le bruit harmonieux des conversations mêlées, sous les tulipes orange des lustres de *L'Excelsior,* à côté de jolies femmes qui nous font des yeux doux. Les malheurs sentimentaux ne résistent à rien. Ils fondent plus vite que la neige sous le feu. On est tout stupéfait de s'en apercevoir. Et l'on songe avec terreur à nos anciennes idées qui nous avaient fait envisager le pire. Il est si bête de réussir à se donner la mort avant que d'avoir pu faire le constat de l'évanescence des amours vives. Mon pauvre Jean-Christophe Vaimbois, en allé à vingt ans pour une belle qui ne l'a jamais su, c'est à toi que je pense, et je m'en veux toujours, sais-tu, du jour où l'on s'engueula tous deux, devant le gros Pierron et mon bon copain de chambrée, Daniel Tihay, en pleine nuit, dans la grande salle d'eau de l'internat du lycée Bichat de Lunéville, alors que l'on s'aimait si bien...

La première fois que je vis le portrait de la *Jeune Nancéienne dans un paysage de neige,* et je crois d'ailleurs que ce fut le premier tableau de Friant que je vis, il me parut que le temps me jouait un vilain tour, et je dus m'asseoir. J'avais soudain les jambes en coton. Je tremblais. Je retrouvais cette étreinte au ventre qui cassait ma marche jadis quand j'allais dans l'hiver retrouver, éperdu, celle qui ne m'aimait pas. Car, à n'en pas douter, c'était elle qui en face de moi posait dans le cadre, dans le cadre petit, si petit qu'on pourrait le prendre dans ses bras, qu'on en a envie d'ailleurs mais qu'on n'ose le faire. Même grimée sous des habits d'un autre siècle, je l'avais reconnue. Oui, c'était bien là sa candeur, son détachement étrange, son innocence et, par-dessus tout, ce rose aux joues comme celui des premières pivoines que les printemps exténuent dans les jardins poivrés.

Son prénom me revint, Clélis, si rare et si beau que je m'étonnai d'avoir pu l'oublier, et avec lui me revint aussi tout ce mal dont je pensais m'être défait. Cette rue enneigée, c'était la rue qui m'avait vu transi et grelottant. Cette colline à l'arrière-plan, c'était celle dont je sentais dans mon dos la présence et qui dans mon esprit avait figure de Golgotha. Mais la peinture m'offrait une revanche : c'était moi qui étais dorénavant au chaud tandis que celle que j'avais aimée était figée dans la froidure. À jamais. Comme statufiée, changée en pierre, tombée sous une de ces condamnations légendaires qui frappent celles et ceux qui désobéissent aux grandes lois, celles des dieux ou celles des amours.

Certes j'avais vieilli. Mon corps me trahissait un peu plus chaque jour, comme un vieil ami qui se détache de nous et s'apprête à nous poignarder un jour entre les deux épaules. Elle s'était éternisée dans ses dix-sept ans de fleur. Ne manquaient que son parfum, son souffle, la chaleur si particulière de son haleine dont l'apprivoisement avait été le seul baiser que j'avais pu jadis lui dérober, avec constance et à son insu. Mais moi, encore pour quelque temps, j'étais vivant. Vivant. Tandis qu'elle n'était qu'une chose, une image, une créature d'huile et de gomme, de pigments et de vernis : en somme, rien que de la chimie mêlée à du talent. Et ce talent, en plus, ce n'était pas le sien.

Il m'a semblé soudain que les heures s'arrêtaient, que les horloges prenaient une vacance qui leur faisait freiner leurs grandes aiguilles, toujours prêtes à faucher les instants de grâce et les moments de sucre. Je me suis vu marcher dans une rue que je connaissais bien, mais l'époque n'était plus la mienne. Je suivais les pas d'oiseau d'une fillette qui jouait à la dame. Il y avait dans l'air une odeur sèche de crottin gelé et le son des cloches de l'église du Sacré-Cœur tapait contre les murailles de brouillard qui descendaient de la colline de Buthegnémont. C'était le matin. Je n'avais d'yeux que pour le visage dérobé, l'effronterie du chapeau, de ces plumes lancées crâneuses dans l'air et le vent, pour la lourde jupe aussi, de velours et d'ochaka gris souris, sans compter les infinis jupons du dessous, le manchon de fourrure lustré, les bottines aux talons médaillés de terre. Le mouvement des calèches, des voitures, des passants harassés, des livreurs et des chevaux me parvenait comme amorti par une distance qui pouvait être celle du songe comme celle de l'ivresse. Il y eut soudain, alors que ma main s'apprêtait à effleurer l'épaule fine de la jeune fille, le cri d'un marchand de bois dont le cheval s'emballait et piaffait. Mouvement des passants. Peur des demoiselles, cris épouvantés. La mienne fit, il me semble, de petits sauts de cabri par-dessus le ruisseau mort, envol de jeune fille donc, et soupir d'ange, choc mat d'une boule de neige lancée contre un mur par un marmot en gilet tricoté et mitaines bleu nuit, taille et hanches à serrer d'une seule main, et cette bouche, cette bouche qui fait mal comme une blessure refermée mais qui taraude encore nos chairs, dès qu'on la touche, dès qu'on s'imagine la toucher, de sa vivacité électrique. Et puis plus rien. Je suis sorti du musée comme on sort de sa vie.

Nous étions, je crois m'en souvenir, aux premiers jours de novembre. Nancy se réveillait à chaque matinée dans un chaperon de brume. La vieille ville que j'habitais alors, au numéro 27 de la Grande-Rue pour être précis, prenait l'allure d'une grosse femme rhumatisante. Même les filles de joie de la place Malval avaient renoncé à monnayer du bonheur. La grisaille du temps ne favorisant guère les érections, m'avaient-elles énoncé doctement au cours de longues conversations que je menais avec elles, croyant par là devenir canaille ou dessalé alors que j'étais à peine un homme, elles avaient rangé leurs hautes cuisses roses et leurs bottes en vinyle qui les gansaient si parfaitement à la boutique des accessoires des beaux jours.

Le quartier se livrait aux pigeons qui dînaient à heure fixe, clopinant vers le blé dur que leur lançait par sa fenêtre de la rue des États un vieux colonel nostalgique de l'Action française. Les familles portugaises qui colonisaient çà et là les immeubles vétustes tentaient bien encore de faire griller quelques kilos de sardines dans les cours intérieures, mais le cœur n'y était plus. Le crachin tuait à petit feu les braseros. Le vinho verde peinait à réjouir les cœurs. Il n'était plus besoin de chanter le fado tant il était partout. Printemps de l'hiver.

Quant à moi, je passais mes après-midi dans des bars à hôtesses qui avaient pour nom *Le Star Club*, *L'Astre d'or*, *La Pervenche*, buvant de très mauvais champagnes et faisant mes humanités dans un décor de bas résille, de représentants de commerce pansus et quinquagénaires et d'agriculteurs en goguette, me croyant tour à tour, et cela dès trois heures de l'après-midi, tandis que j'appelais par son prénom la patronne et recevais ses confidences relatives à sa grosse opération ou bien aux hémorroïdes de son mari, dans des récits de Pierre Mac Orlan, ou bien des romans de Charles-Louis Philippe, de Carco, de Simonin, ou de Julien Givendély, alors qu'une entraîneuse m'entraînait à la boisson tout autant qu'à la vie. Car ce n'était après tout qu'un galop d'essai. Les choses sérieuses n'avaient pas encore commencé. Je dilapidais ainsi dans les bouchons de roteuses, les tournées générales et les bras des prostituées, une bourse d'études que m'avait généreusement accordée le ministère de l'Éducation nationale. Que l'État subventionnât ma débauche la rendait plus délicieuse. Grâce lui en soit aujourd'hui rendue.

Ma mère chaque vendredi entrait dans ma bauge que me louait l'agence Robba, dont le gérant avait une si triste figure que je n'osais jamais lui faire de chèques en bois, tant il venait la mort dans l'âme réclamer son solde. En face de moi logeait une vieille dame, gentille et malade, dont le mari était mort à la guerre, écrasé à la Libération par un camion américain. Au-dessus de ma tête, un couple de Polonais septuagénaires bougonnaient jour et nuit. Lui, constamment en maillot de corps, des poils blancs sur les épaules, ressemblait à un boulanger sans farine. Sa femme avait un visage de disparue.

Maman prenait mon linge sale, m'amenait de fraîches chemises, surveillait discrètement la propreté de mon logis, s'enquérait de mes études que j'avais, sans oser le lui avouer, depuis longtemps laissées filer dans le courant des plaisirs et des jours. Puis elle déposait dans la cuisine de quoi nourrir mes flancs de chien avant de repartir pressée, comme pour afficher de façon un peu trop évidente pour qu'elle fût profondément sincère une discrétion sur la vie que je menais, alors qu'elle saisissait chaque détail de ma dérive, la jaugeait, l'auscultait semaine après semaine, et n'en pensait pas moins. J'étais son fils après tout.

Un vendredi, un vendredi de novembre justement, j'ai croisé le regard du curé de Saint-Epvre. Il allait Dieu sait où, et moi je me dirigeais vers nulle part, ce qui revenait peut-être au même. Tout cela avait un parfum d'échafaud. J'ai senti soudainement des frissons dans mon dos, et dans ma bouche comme un amer goût de repentance, non pour avoir planté une nuit d'ivresse quelques pitons – ils y sont encore – dans un pilier de sa basilique, alors qu'en compagnie d'un grand frisé nommé Dominique Thomas, nous nous apprêtions à en faire la première ascension ayant au préalable puisé notre courage dans deux bouteilles, l'une de rhum blanc, l'autre de gin, mais plutôt pour la dépense que je faisais du temps, l'utilisation somptuaire des jours et des heures qui était la mienne alors, comme s'il m'en restait à foison et que mon portefeuille en débordait. Je ne sais trop pourquoi en ce jour et en cette heure, précisément par ce simple regard échangé, j'ai pris conscience que je jetais de l'or par la fenêtre grande ouverte de ma vie, mais c'est ainsi.

Le curé me salua en penchant sa tête. Il me connaissait un peu pour m'avoir vu rôder dans les bas-côtés de son vaisseau amiral, aux moments sombres de l'après-midi, quand de fréquentes crises, aussi mystiques que saugrenues, et qui en général me saisissaient les lendemains de trop fortes gueules de bois, me poussaient à venir respirer dans l'édifice les volutes d'encens et la brûlure des mèches de cierges. Je revenais alors, pour quelques secondes, dans la candeur mariale de l'enfant que j'avais été et qui, dans l'église de Dombasle, assistait le prêtre lors de la messe du samedi soir : au premier rang, de vieilles femmes pieuses, parmi lesquelles ma grand-mère tenait un rang honorable, serraient entre leurs doigts leur chapelet, leur petit sac à main et ce qui leur restait de vie, tandis que le fond de l'église était mangé de noir, et que tout cela, ce décor, le silence et les faibles chants, les prières de la maigre assemblée des femmes voûtées sous leur fichu de laine, les gestes du prêtre, les reflets de sa chasuble moirée d'or et de sinople, le grésillement de l'encens dans les cassolettes, l'approche de la nuit qui ternissait un à un les grands vitraux sur lesquels des saints agenouillés et béats dévoraient des épines, la psalmodie des formules sacrées qui me troublaient parce que je ne les comprenais qu'à demi, tout cela provoquait en moi un frémissement, comme une irritation qui parcourait tout mon corps et me donnait en un instant un sentiment plein de bonheur, une sorte d'exubérance qui me faisait prendre de façon fantastique la mesure de l'univers dont je percevais soudain les infinies distances, les puits, les arches et les espaces.

Le curé était loin, et moi je n'avais pas bougé. Une eau tiède tombait de mes cheveux et venait malgré moi dans ma bouche. Je sentais le chien mouillé. Je n'avais pas froid. J'avais seulement le sentiment de n'être plus rien. Rien du tout, que toute ma vie jusque-là n'avait servi à rien, que mes joies du moment étaient de la fausse monnaie, du papier toilette. Je crois que j'aurais pu alors me laisser aller dans une fosse si par miracle des mains ouvrières en avaient creusé une dans la chaussée, sous moi. Il y a parfois dans les vies des grands basculements qui viennent sans qu'on les attende, et la mort n'est peut-être pas le plus important de tous, même s'il en est le plus définitif. J'avais les pieds bien sur terre pourtant, sur de gros pavés ronds, luisants, et qui renvoyaient des morceaux de ciel. J'avais donc un peu déjà les pieds dans le ciel, un ciel de novembre, un ciel de Toussaint.

Depuis longtemps, j'avais cessé de croire en Dieu. Ç'avait été entre nous deux une drôle d'histoire, banale sans doute, un éloignement de vieux couple, des bouderies sans éclat. Puis l'absence et son accommodation. Mais souvent je songeais à lui, au bien-être qui était le mien quand ma ferveur était indemne et mes questions absentes. J'aurais bien voulu me forcer de nouveau à croire, mais ça ne marchait plus. On ne réchauffe pas la foi comme un ragoût de mouton.

Je ne voulais pas rentrer dans mon appartement qui devait encore puer le tabac, les verres vides, les paquets de cartes et le vieux loup. Je ne savais plus quoi faire. Je sentais le froid me gagner, venir en mon corps et l'eau dans mes chaussures. Je devais être grotesque. L'image enfin collait à ma nature. Je me suis remis à marcher, dans ma vie, dans ce mois de novembre, dans mon habit flottant d'abruti dérisoire, dans ces heures de Toussaint.

C'est très beau la Toussaint. Bien des gens trouvent cela triste, mais les cimetières jamais ne sont aussi joyeux. On y vient en ribambelle, en famille, en procession rutilante, en voiture ou à pied. On porte des fleurs, des bouquets, des pots de chrysanthèmes, des brasiers de bruyères. Les allées de gravier, mortes toute l'année, résonnent ce jour-là des pas de tous les vivants. J'aime à penser que les défunts sentent ce martèlement en haut et qu'ils se retournent alors, un peu agacés, dans leur tombe, pour y retrouver le sommeil.

Grand-Mère me menait au cimetière en me tenant par la main. Je connaissais pourtant le chemin et jamais ne me serais perdu, mais c'était alors peut-être davantage pour elle que pour moi qu'elle ressentait le besoin de cet entrelacement tendre et rugueux. Il n'est pas si simple d'aller visiter les morts, encore moins lorsqu'ils le sont depuis longtemps. Je ne la quittais pas. Parfois, à l'entrée du cimetière, un mendiant tendait la main aux familles rangées en taille croissante, fillette devant portant bouquet comme une offrande, père grave en la circonstance, mère replète, grande sœur étourdie, et qui allaient déposer, devant les stèles où des noms à demi effacés composaient des généalogies perdues, leurs fleurs et leur ennui. C'était pour le nécessiteux et sa sébile jour de fête aussi. La recette était bonne. On craignait ce jour-là davantage le dernier terme, et donner quelques pièces alors tenait de la promesse d'effectuer le voyage tardivement ou en tout cas dans les meilleures conditions.

Grand-Mère ne lui donnait pas d'argent mais un conseil : « Quand on a la santé comme vous on ne devrait pas tendre la main mais s'en servir. » Elle le faisait, j'en suis certain, non par avarice mais par évidence. L'homme laissait sa main tendue mais haussait les épaules. La comédie avait lieu chaque année, sans haine ni réplique superflue. Ils se regardaient l'un et l'autre comme deux morceaux de banquise. Parfois, en ces jours de Toussaint, la première neige venait déjà de tomber, et sous son voile le cimetière devenait une ville de quiétude ennuagée de sucre glace. Le baiser de la neige courbait les têtes des couronnes de fleurs fraîchement déposées. Les jardinières de terre cuite ou de grès s'irisaient d'un floconnage pulvérulent que le moindre souffle d'air emmenait plus loin, comme une brassée de pétales éphémères. Sur les crucifix, la mince neige, qu'un rayon de soleil parvenait à faire fondre, s'écoulait en gouttes lentes et il semblait alors que tous les jésus en fonte, en cuivre ou en bronze pleuraient des larmes claires ou se baignaient dans une source jaillie de rien.

Quand je regarde aujourd'hui *La Toussaint* de Friant, c'est tout cela que j'y vois, comme si le tableau en plus de contenir son propre monde me délivrait du mien, ou l'exhibait de nouveau, sans effet grandiose mais avec la précision d'un laborantin glissant entre deux lamelles de microscope un minuscule prélèvement d'organe pour y découvrir l'histoire entière du corps malade. J'y vois ma grand-mère, mes cimetières d'enfance, ma déchéance de jeune adulte, mes débauches et mes dégoûts, et le coup de talon que, comme malgré moi, ce vendredi lointain, j'ai donné au fond de ma vie pour la faire remonter un peu et ne pas sombrer corps et âme avec elle. On se sauve parfois sans le savoir, en tout cas sur le moment. Ce n'est qu'après que l'on a cette conscience d'avoir échappé à un péril qui avait tous les attraits pour nous séduire vraiment. Et je vois aussi cette perte dans *La Toussaint*, cette perte du peintre lui-même que ce tableau brossé alors qu'il avait à peine vingt-cinq ans signe à mes yeux.

Car j'ai toujours senti dans certains tableaux de Friant, dans ceux des jeunes années, une sorte de défi au monde, de hurlement, comme s'il y avait livré en peu d'espace une part de lui que les autres ne soupçonnaient qu'à grand-peine. Comme s'il avait voulu jeter à la gueule de tous des paquets de chair. Et cela, je connais. Je sais cette rapidité, cette surabondance de vie que l'on cherche à évacuer, à libérer d'un boyau prêt à rompre. Mais ce n'est pas de nous qu'on se délivre, ce n'est pas de nos vies, de nos grands-mères, de nos enfances, de nos prairies, de nos amours que l'on se défait. Non. C'est du monde tout simplement, du monde entier. De ce monde dans lequel on fut lancé, dans lequel on titube. Les couleurs ou les mots sont des béquilles ou des échafaudages, des essais maladifs. Des plâtres que l'on essuie sans cesse.

Le succès, s'il arrive, n'avive que les malentendus. Il nous perd. Friant eut trop tôt trop de succès. Et Friant vendit Friant, en somme. Le jeune homme à vif se rendit sans doute compte que sa *Toussaint* célébrait sa propre mort. Que son naissant succès mondain et salonnard signait son arrêt. Que la veuve éplorée de *Douleur* se penchait moins sur la fosse d'un mari perdu que sur celle d'un talent exténué. Mort, éteint, enterré, fusillé sous les honneurs à trente ans. Que pouvait Friant sinon devenir celui que l'on voulait qu'il devînt, un peintre du monde, d'un petit monde et non plus du sien ?

J'aime le saccage de nos jeunes années, cette cruelle errance qui nous fait tout détruire à grands traits, même ceux que nous aimons, surtout ceux que nous aimons : lorsque l'on regarde les premiers tableaux de Friant, les arrière-plans de ses premiers tableaux, les décors, les objets, on voit les traces du massacre. Rien n'existe qu'à grands traits de vitesse, de bâclage, de rature. Il n'y a que les visages, eux seuls, qui osent la perfection, ce tissé rose d'un fini de sang et d'esprit, cette terrible faiblesse en somme. C'est la vie humaine environnée d'entailles. L'homme au milieu des couteaux. La colère de Friant crachait alors sur la douceur.

Mais à force de dorures, on a tué cela. La rage du peintre s'est mise à somnoler, puis elle a fini par s'endormir tout à fait, pâteuse et poitrinaire. La mienne suivra peut-être le même chemin. Je pense que Friant ne fut pas dupe. Je pense qu'il fut comme ce peintre du *Portrait* de Gogol s'empoisonnant au soir de sa vie du constat de son talent vendu. Mais après tout, le talent n'est-il pas fait pour cela, pour se vendre ? Ne meurt pas fou qui veut. Ce serait trop simple. La vie bourgeoise a ses attraits, et Nancy est une ville où elle prend une rondeur qui la rend délicieuse. Peindre les gens de cette ville tout en se souvenant de ses premières années de hargne est un poison autrement plus insidieux que d'accepter le sort d'artiste qui se maudit soi-même. Vivre ainsi, c'est parvenir sûrement à la détestation de soi.

À vingt-sept ans, Friant signe un tableau tout de prémonition et de lucidité. Il mourra plus de quarante ans après, ayant peint par la suite d'innombrables commandes et très peu de peintures. Ce tableau s'appelle *Le Trimardeur,* ce beau mot que Grand-Mère utilisait souvent et que je saisissais au vol comme une balle. Il date de 1890. Le peintre est jeune et c'est bientôt la fin. Sa fin qu'il a peinte. Un vagabond, un errant, c'est cela un trimardeur. Le dictionnaire nous le dit. J'ai fini par l'apprendre. C'est un mot perdu, c'est un mot pour un homme qui se perd. Il y a un chemin de caillasse blanc, un gouffre noir, et il y a un homme assis au bord de ces deux espaces du renoncement.

Un sujet biblique mais sans les lourdeurs ni les ailes d'ange, sans les chichis ni les bardas.

Cet homme pensif et résigné, aux traits dévorés par une barbe longue, et dont le regard et les saillies nous sont dérobés par l'imprécision de la peinture elle-même, est pour moi un des autoportraits non avoués les plus saisissants qu'a peints Friant. Fini le jeune loup qui trois ans plus tôt nous fixait à nous fendre, yeux dans les yeux, le pinceau souple et droit dans la main, sur un petit format cinglant d'arrogance et de certitude. La grotte sombre s'apprête désormais à le dévorer, à l'englober dans son ventre de confort, de petits-fours et de vins cuits, de dimanches douillets, de digestions lourdes. Pourtant, le chemin, la caillasse éblouissante, la poussière d'Orient, le vent et les tourbillons du plein air sont là encore, à deux doigts, et le regard se porte sur eux, mais déjà comme sur des souvenirs, des douleurs, qui suffiront, ces souvenirs et ces douleurs, dans les soirées très longues, à faire regretter les chemins autrefois bifurqués, les dos tournés, les coups de pinceau certains, les coups de main, les recopiages, les commandes, les commandes, les commandes... *L'Ébauche,* cette peinture autrement prémonitoire, où l'on voyait un peintre de ses amis, assis, j'allais dire à genoux, devant son modèle, est devenue une certitude. Elle s'est muée en œuvre faite, en œuvre finie. Friant s'apprête vraiment à devenir cet homme servile, jambes polies, tenant palette devant une demoiselle qui soupire après son fiancé du meilleur monde, dans ses soieries roses et son corset noir. Friant, c'est aussi cela finalement, le fils de serrurier devenu le peintre des bourgeois, et qui s'assied devant eux. Être aux ordres. Choisir la grotte obscure et l'avalement. Ne plus être *trimardeur,* jamais. S'asseoir, un point c'est tout, tout en souffrant de s'asseoir, en en mourant sans doute, à petit feu, à grande bile, malgré l'argent et les sourires, la fortune, la gloire mesurée comme l'on aune un tissu dans un magasin de confection. Se noyer dans le

plafond des préfectures, dans les commandes de mairies...

Dans quelles eaux, quant à moi, fini-
rai-je par m'abîmer un jour ? Auront-
elles gardé, par-delà leurs boues
accumulées, tout de même en elles
une partie des reflets de celles où je
pêchais jadis ? Quand je lançais dans
le Grand Canal ma ligne et mon hameçon, à la recherche de tous les rêves
d'écaille, de ces mystères luisants dont
les battements de nageoires secouaient
mes nuits plus sûrement que toutes
les promesses d'instituteurs ? Au vrai,
j'ai retiré davantage de blessures que
de gardons, plus d'amertume que de
carpes.

« C'est la vie, mon homme... » répé-
tait Grand-Mère, en épluchant pour la
soupe du soir des navets dodus et des
carottes infirmes, tandis que je regardais des couchants de cartes pos-
tales, des mouettes idiotes errant loin
des mers, ou la pluie d'automne qui
embrassait les vitres de la petite maison
à leur donner des gerçures. La vie.

Aujourd'hui, il m'arrive encore de

me promener sur les berges des canaux d'où les beaux percherons écumants, aveugles sous leurs œillères surpiquées de mouches, ont disparu, malgré leurs culs énormes et leurs souffles de brume. Comme je me promène aussi dans les galeries devenues claires et vastes du musée des Beaux-Arts, en saluant des tableaux comme on salue de vieux parents morts et qui nous suivent dans la vie, invisibles dans notre dos mais tellement présents. Car eux ne m'ont jamais fait de peine, et jamais ne m'ont déçu, à l'inverse de ces amis qui étaient tout pour moi tandis que, sans le savoir, je n'étais rien pour eux.

Je marche vers tout cela, berges et musée, comme sur le fil d'un équilibriste. Il n'y a plus de petites maisons près des écluses. Il n'y a d'ailleurs plus vraiment d'écluses. Il n'y a plus de cuisine avec des litres de vin, plus de tonnelles, plus de guinguettes, plus de cantonniers, plus de Grand-Mère.

Mais tout cela a-t-il au fond existé ? Je ne suis peut-être qu'un menteur, un faiseur d'éclairs en plein ciel bleu. Je crois au pouvoir des songes, et la littérature n'est faite que de cette matière volatile, bonne à respirer comme la gomme arabique et l'essence de térébenthine. Oui, là-bas, quelque part, et je veux me refaire ce coup quitte à lasser, il n'y a plus que la clarté de la berge, mes pas qui vont et viennent, et l'eau noire où nulle péniche ne passe plus jamais. Mes vérités, au fond, n'ont pas à être les vôtres. Je ne vous dois rien.

Je crois d'ailleurs à ce propos que je finirai par ne plus écrire, tant sont grandissants les malentendus, comme je suis certain que Friant a décidé un jour de cesser de peindre, tout en poursuivant visiblement, pour la galerie des dupes qui l'encensaient et le payaient, l'exécution de toiles gentilles, harmonieuses et sans danger, de dessins impeccables et virtuoses. Ne plus écrire, comme on dit aussi qu'on finira par ne plus boire, par ne plus fumer, par ne plus manger de saucisse ni de lard, par ne plus dire de gros mots, par ne plus se toucher le sexe. Comme on dit qu'on finira par ne plus vivre, parce que c'est une évidence même si on la croit impossible pour nous et pour ceux que nous aimons, surtout pour eux d'ailleurs.

Écrire, quoi que j'aie pu dire à tous vents naguère, est un exercice hautement épuisant, un arrachement continu de viscères, de cœurs sanguinolents qui repoussent sans cesse, de veines qui n'en peuvent plus de s'ouvrir au grand jour et de se dévider comme des serpents. J'arrêterai donc. D'écrire, comme de respirer, comme d'aimer, de prendre dans mes bras celles que je chéris et qui me donnent la force. Et peut-être me laisserai-je alors glisser dans la répétition continue d'une musique qui sera la mort elle-même, mais sans que je le sache. Oui, je le pourrais, je crois. Tout laisser des mots pour n'être plus qu'un corps fatigué et qu'une âme stupide écoutant sans fin une pièce de Fauré par exemple, cette berceuse notamment, *Dolly*, qu'une amie très chère, Josette Monfort, avait un jour offerte en cadeau d'anniversaire à ma petite fille pour ses trois ans, venir dans cette musique, y venir et y revenir, à l'infini, y vivre en s'enroulant en elle comme dans un pays, une vallée, et ne plus faire de phrases, ne plus écouter le monde, ne plus se lever, ne plus parler, ne plus faire de gestes, ne plus aller au-dehors, ne plus rencontrer les autres hommes, ne plus supporter leurs blessures ni leurs crocs. Mais boire du vin en écoutant ce court morceau où le violoncelle se lie au piano comme deux mains amoureuses avant les caresses. Boire un de ces vins blancs d'Alsace, sans rigueur, que l'on nomme *le gentil,* et que de rares vignerons vinifient encore, qui est doux sans être trop sucré, qui n'est ni somptueux, ni solennel, et qui dans mon palais aura le goût des belles choses s'en allant. De la musique et du vin, donc, après toutes choses, en ronde, en ronde toujours. Car la musique est un monde suffisant et le vin l'agrémente sans la gâter.

Il y a au fond peu de choses sur terre qui valent la peine qu'on souffre pour elles, qu'on sacrifie nos petits trajets pour elles, qu'on se livre à elles, entièrement.

Mieux vaut vraiment ne pas les rater.

Mais il y a aussi tout ce mal que j'ai fait autour de moi, que d'autres ont fait avant moi, ces petits riens, ces maigres trahisons, ces massacres, ces génocides, ces rendez-vous perdus, ces crimes contre l'homme ou l'espèce, et que mes mots ne rachèteront jamais. Pourtant, je sais que c'est pour cela que j'écris sans cesse. J'écris comme on demande pardon, comme on crie dans la nuit lorsque l'on est tout enfant et qu'on espère que la porte de notre chambre va s'ouvrir et nous laisser voir à contre-jour, comme une apparition, la silhouette de notre mère, sa douceur, l'auréole tremblée de ses cheveux, sa main sur notre front mouillé et son baiser sur notre joue. C'est pour cela que j'écris, pour le baiser de ma mère que je ne peux plus avoir désormais puisqu'elle est morte et que je suis, paraît-il, un grand garçon, quand dans la nuit je découpe du silence, que je le hache comme des tripes de porc, les yeux grands ouverts sur ma vie, pour ce baiser des mères donné dans le bonheur sans calcul ni passion, ce baiser de la chair profonde que le temps m'a dérobé plus sûrement que toutes les distances. Je ne sais pas combien de siècles tout cela continuera encore, combien d'années à relever la tête, à prendre l'air, à mettre une jambe devant l'autre, à serrer des mains, à tromper des rires, à en distribuer, à jouer le jeu triste des hommes.

Je vais aller marcher, je crois. Dehors, il y a un vent à cingler toutes les mauvaises idées. Les jeunes pousses font aux vieux marronniers des barbes d'adolescents. Un oiseau appelle au ciel des nuages qui passent en boule. Je rêve de ventres doux. Quel âge ai-je au juste? Six ans? Vingt ans? Soixante-dix? Que tout cela commence, ou finisse.

Il ferait si bon dans l'herbe des talus, tu ne crois pas Émile? On aurait plein de rêves au fond des poches comme des bâtons de dynamite. On jetterait des cailloux dans l'eau.

On ferait des ricochets. On serait deux copains, dans cette herbe de mai qui vient au nez comme le vin monte à la tête. Je te parle à haute voix, oui, c'est à toi que je parle, par-delà les années et par-delà tes médailles. Je veux te dire dans le désordre la cannelle et l'angélique confite que je dérobais dans le placard à pâtisserie, les étoiles d'or des crépuscules, le rire de Paule, ses jupes trempées, le goût des caramels que vendait la mère Rippling dans son assommoir où trois grands-pères rescapés de Verdun refaisaient à coups de canons inoffensifs le monde qui n'avait pas réussi à les détruire, te parler de la première fois où j'ai su faire du vélo à deux roues dans le chemin qui descendait le long du pré du père Poulet, le goût des beignets d'acacia suants de graisse chaude, le frétillement des têtards sortant du frai près de l'étang du Poncé, l'obscurité piquante des halliers d'aubépine brodés de nids de merle, l'eau de Cologne que le père François passait sur ses épaules tannées tout en surveillant son bouchon à brochet sur les berges du Sânon, les tricots de sa femme, mes quinze ans, les vôtres, les tiens.

Il y a des alouettes acides au-dessus de ma tête. Une sauterelle sur mon genou gauche et un papillon roux qui titube dans l'air. Il y a aussi le parfum de la mâche sauvage et celui du remords, je le reconnais bien celui-là, il sent la décapitation. Je me souviens que j'attends un ami en mâchouillant un brin d'amourette. Je suis celui qui s'endort en pensant à toi comme à un frère refusé, et je te vois soudain, je suis à tes côtés.

Tu es là et tu es déjà vieux. Nous ne sommes plus dans les grands prés de mai à guetter les demoiselles. Tu as troqué le coutil et les pantalons de drap pour des complets sur mesure en alpaga et doublure de soie. Il n'y a plus de fleurs des champs dans ta bouche. Il y a chez toi sur des sellettes de gros bouquets poussifs dans des vases très chers.

Tu restes encore des heures, un pinceau à la main, devant la toile blanche, à regarder le ciel qui change, par-delà tes richesses, à guetter les bruits de la rue tout en bas et les sons de tes veines qui tintent comme des cloches bancales ou des battements de grenouilles. Il y a encore bien trop de sang en toi qui ne sait plus où aller et qui finit par stagner comme dans une mare.

Parfois, tu te persuades que tout peut reprendre. Qu'il te suffit de tendre le bras vers la toile, d'approcher le pinceau, et d'un geste comme autrefois sauvage tracer les signes. Oui, tout va recommencer, pareil à l'eau qui revient dans le bec des fontaines après les grands étés de sécheresse et jaillit dans les auges de roche où les mousses ont pris l'allure de chevelures mortes. Il suffit juste de tendre la main, de prendre un peu de couleur, de…

Mais rien, rien ne vient plus jamais. Tu es tari comme les déserts. Il faut que tu te reposes, que tu te reposes à n'en plus finir, ou que tu ailles vers le piano de ton petit salon de musique, fauteuil crapaud et bergères Napoléon III, ou dans la rue, à la poursuite des élégantes, dans les cafés à gaz, dans l'étourdissement sans fin des jours, à la quête des étoiles perdues.

Le thé va bientôt être servi. Il est près de cinq heures. La guerre tonne depuis quatre ans déjà. Tu as barbouillé du soldat au mètre carré. Tu as fait ton devoir. C'est ce qu'ils attendaient de toi. La nouvelle bonne glisse tout à côté son pas d'oie légère sur le parquet ciré. Elle t'a demandé la permission de partir plus tôt. Sans doute une idylle. Ces gens-là s'amourachent comme on respire. Elle n'a pas vingt ans, de la crème encore aux joues. Elle se prénomme Léocadie.

Tu rêves, un pinceau de marte à la main. Tu viens d'avoir cinquante-cinq ans. Tu as tout eu. Les honneurs, les commandes, les soupers, les grisettes, les poches sous les yeux, les plaies à l'âme. Tout. Tu essaies de peindre encore des jeunes filles qui toutes se ressemblent, mêmes yeux, mêmes chairs, mêmes tressaillements frivoles, tout en te jouant pour toi seul, dans ton esprit, les mélodies cruelles de Reynaldo Hahn et de César Franck. Ces jeunes filles, dont tu t'éloignes et qui ne sont plus pour toi que des revers de corps au détour de sentiers effondrés, tu ne les fréquenteras jamais plus, tu n'effleureras plus jamais la tiédeur de leur nuque, l'abandon sucré de leurs lèvres. Leurs mères embijoutées les amènent avec des précautions de grosse volaille surveillant une couvée. Elles s'assoient face à toi, te sourient toutes du même sourire limpide qui tranche ta gorge mieux qu'un poignard de voyou.

Ton pinceau barbouille le néant. Le temps passe. Le carillon sonne la demie de quatre heures. Tu te souviens d'une nuit, il y a longtemps, une nuit très loin, très loin, vers le sud où plus personne jamais ne te mènera... Une nuit qui avait toutes les... « Oh! et puis, à quoi bon... » murmures-tu, tandis que le souvenir reflue déjà en toi comme une bile. Tu reposes ton pinceau et son rêve. Le songe d'Algérie repart dans sa bauge de vieux khalife. Devant toi ne reste que du blanc à mâcher, et le creux immense de ta vie d'homme. « Elle avait une peau pourtant, cette Juive... une peau... et des hanches... » Des hanches où ne demandaient qu'à venir les enfants, ceux-là mêmes que tu n'as jamais eus, et que tu regrettes aujourd'hui, comme on regrette que la douleur puisse être de ce monde, que la mort puisse arrêter la vie, et la pluie, le beau temps. Elle t'avait dit, cette Juive, jadis, tant de mots que tu n'avais pas compris mais qui avaient été de ces caresses sonores qui embrassent mieux que les lèvres car elles viennent sous la peau, y frémissent, y demeurent, longtemps, longtemps. C'était il y a dix mille années, sous des palmiers et dans des odeurs de jasmin et de schistes, près d'un chemin qui menait à une ville où dominaient les ombres des orangers et la fumée de pipes de terre. Tu avais ensuite peint la Juive comme on tente de garder une poignée d'eau dans sa main. Le tableau est dans ton dos, accroché au mur. Tu pourrais te retourner pour le voir, mais tu ne le fais pas. Rien ne sert de se retourner. La nostalgie est un breuvage pour vieille fille.

Hier, une enfant de trois ans est venue avec sa mère. Elle avait des cheveux blonds, une robe de batiste, un sourire plein de joues, et une balle qu'elle gardait à la main tout en balbutiant des mots sans suite qui avaient le charme des mélodies d'oiseaux. Quand tu as regardé son visage et ses yeux, sa peau claire, ses dents qui faisaient à son jeune sourire comme un collier de perles, tu as songé que la mort t'envoyait un ange, un jeune ange inconscient de sa tâche et qui ne pensait qu'à rire, à jouer, à échapper à la séance de pose, à la lourdeur de cet atelier surchargé de vieilleries, hanté par les remugles d'un talent défunt. Dans tes doigts qui tremblaient un peu, la mine de plomb est venue sur le papier comme si elle allait s'y défaire, comme si sous les traits juvéniles allaient surgir les horribles ossements du visage, sa part solide et caverneuse, mais alors que tu avais presque fermé les yeux pour ne pas voir le dessin trop sûr que tu t'apprêtais à faire, tu as soudain senti le regard de l'enfant, de cette enfant que tu n'as jamais eue et qui aurait pu te consoler du vide que tu portes en toi comme une tombe. La petite fille venait avec ses yeux bleus et très doux comme pour ramener à la lumière un morceau de ta nuit, et l'étaler sur la feuille, le livrer au jour. Le soleil frappait la médaille de son bracelet de baptême. Elle chantonnait de sa voix fausse et charmante *Nous n'irons plus au bois,* tout en battant des pieds. La balle rouge dans sa main semblait un cœur tendu. La mère s'était assoupie sur le divan. Tu t'es mis à dessiner ton propre passé sous les traits ronds de la fillette. De la pointe de ton crayon, il t'a semblé alors couper tous les lauriers du bois.

Cinq heures viennent de sonner. Tout cela c'était hier déjà. L'enfant et son portrait s'évaporent sous les coups de l'horloge, comme ils sont partis la veille, après la séance, dans une brassée de remerciements, un parfum de lait et quelques pleurs de fatigue. En reposant ton pinceau qui n'a pas servi, tu te demandes soudain, tandis que le soleil au-dehors joue les vieux beaux, à quelle heure tu reverras toute ta vie, comme on dit que les noyés le font, à quelle heure, et en quel endroit le long fil déroulera en deux ou trois secondes sa pelote de couleuvres et d'épines. Tu te demandes aussi qui te pleurera au lendemain de ta mort, tandis qu'écroulé sous les discours et les couronnes de perles, dans le cimetière du Sud ou celui de Préville, tu ne pourras plus rien voir, ni plus rien entendre, ni même avoir conscience de cette infirmité sans retour. Et quand après avoir songé à cela un long moment, un très long moment, tu regardes pauvrement deux doigts de ta main, deux doigts pas davantage, de grosses larmes d'enfant se mettent à couler sur tes joues grises, avant de se perdre dans ta barbe soignée.

Pourtant, tu sais bien que tu ne mourras pas encore, pas de sitôt. Tu sens qu'il te reste de longues années, et c'est là le plus terrible pour toi que d'imaginer ces très longues années remplies jusqu'à la gueule de mois d'hiver et de printemps, de tableaux reproduits, de dîners officiels, d'après-midi languides et de soirs découpés par le martèlement des cartels. Alors, à cet instant précis, quand tes larmes font sur ta peau comme une rosée du soir, tu n'entends pas cet « Au revoir, Monsieur Friant... » que murmure ma grand-mère délaissée de son habit de bonne, toute jeunette et fraîche, et rieuse, ma grand-mère heureuse qui dit cela du bout de ses lèvres et de ses dix-huit ans, qui n'ose pas déranger le peintre qu'elle sert depuis une semaine seulement, et dont on lui a dit que c'était un grand homme, médaillé aux Expositions, ma grand-mère qui referme la porte de l'atelier avec une douceur de Vierge Marie, pour courir enfin vers son amoureux qui, avant de partir à la guerre, l'attend là-bas, le chapeau sur la nuque, près de l'eau, dans cette fin d'été doré, sur une frêle passerelle de fer, alors qu'elle songe en riant que la vie sera pour elle un grand bouquet de roses.

NOTICE BIOGRAPHIQUE

Originaires de Dieuze, Émile Friant (1863-1932) et sa famille, lors de l'annexion de la Moselle par l'Allemagne, choisissent l'exil et s'établissent à Nancy à partir de 1871. Très tôt remarqué par Théodore Devilly, directeur de l'école municipale de dessin, le jeune homme tire de cet enseignement une prédilection pour la nature et les modèles saisis sur le vif. Il expose, dès 1878, à la Société lorraine des amis des arts, ce qui lui vaut de premiers éloges. L'année suivante, la ville lui accorde une bourse d'études : il part à Paris et fréquente l'atelier d'Alexandre Cabanel à l'École des beaux-arts. Plus tard, il met à profit cette formation académique en réalisant des œuvres de commande pour des personnalités nancéiennes et américaines.

Sa peinture s'achemine vers la synthèse des courants naturaliste et symboliste : ses portraits, paysages et scènes de genre se signalent par leur caractère instantané qui emprunte à la photographie et se nourrit du principe de réalité descriptive.

Son succès précoce – il a tout juste vingt ans – lui procure de nombreuses commandes publiques et distinctions dont une médaille d'or à l'Exposition universelle de 1889 pour *La Toussaint,* récompenses qui permettent à cet aérostier confirmé d'assouvir son désir de découverte en voyageant de 1886 à 1892 ; des Pays-Bas à l'Espagne, de Monaco à Alger, Émile Friant s'essaie à la tentation rimbaldienne des « chromatismes légendaires, sur les couchants », à une clarté et à des atmosphères nouvelles : c'est *La Fileuse d'El-Kantara…* Il reste cependant très attaché à Nancy dont il côtoie les artistes, et notamment Louis Majorelle pour lequel il imagine un décor de mobilier sur le thème de Don Quichotte.

Devenu membre du comité de l'École de Nancy dès 1901, il enseigne à l'École nationale des beaux-arts en 1906, devient membre de l'Institut en 1923, succès officiel qui l'accompagnera jusqu'à sa fin : un an avant sa mort, il sera fait commandeur de la Légion d'honneur.

Philippe Claudel
au Livre de Poche

L'Arbre du pays Toraja   nº 34393

« Qu'est-ce que c'est les vivants ? À première vue, tout n'est qu'évidence. Être avec les vivants. Être dans la vie. Mais qu'est-ce que cela signifie, profondément, être vivant ? »

Les Âmes grises   nº 30515

« Elle ressemblait ainsi à une très jeune princesse de conte, aux lèvres bleuies et aux paupières blanches. Ses cheveux se mêlaient aux herbes roussies par les matins de gel et ses petites mains s'étaient fermées sur du vide… »

Le Bruit des trousseaux   nº 3104

« Le regard des gens qui apprenaient que j'allais en prison. Surprise, étonnement, compassion. "Vous êtes bien courageux d'aller là-bas !" »

Le Café de l'Excelsior   nº 30748

«Viens donc Jules, disait au bout d'un moment un
buveur raisonnable, ne réveille pas les morts, ils ont
bien trop de choses à faire, sers-nous donc une tour-
née… Et Grand-père quittait son piédestal, un peu
tremblant, emporté sans doute par le souvenir de
cette femme qu'il avait si peu connue et dont la photographie jaunissait au-dessus d'un globe de verre…»

De quelques amoureux des livres…   nº 34685

Avec une délicieuse fantaisie, Philippe Claudel passe
en revue une litanie d'écrivains en devenir, de mal-
heureuses victimes de la littérature, soumises à de
pathétiques aléas, à des imprévus aussi cocasses que
farfelus.

L'Enquête   nº 32660

«Je dois enquêter sur les suicides qui ont touché
l'Entreprise.
— Les suicides? Première nouvelle… On me les
aura sans doute cachés. Mes collaborateurs savent
qu'il ne faut pas me contrarier. Des suicides, pensez
donc, si j'avais été au courant, Dieu seul sait ce que
j'aurais pu faire! Des suicides?»

Inhumaines   nº 35181

Nous sommes devenus des monstres. On pourrait
s'en affliger. Mieux vaut en rire.

Il y a longtemps que je t'aime   n° 31784

« Il me semble souvent que j'écris des romans comme le ferait un cinéaste, et j'ai eu le sentiment très net de réaliser mon film, *Il y a longtemps que je t'aime*, comme un écrivain compose un roman. »

J'abandonne   n° 33902

« Notre tâche consiste à préparer les familles dont un des membres vient de décéder à accepter une demande particulière. » Dégoûté par son travail, la laideur du monde, la violence et l'indifférence de la société, le narrateur, père d'une petite fille de vingt et un mois, est au bord de l'effondrement.

Meuse l'oubli   n° 34367

En 1999, Philippe Claudel, avec ce premier roman, fait son entrée remarquée en littérature. Chant d'amour, célébration de la femme, de la sensualité, de la mémoire et de la poésie, *Meuse l'oubli* est aussi un hommage aux gens de peu et aux existences modestes.

Le Monde sans les enfants
et autres histoires   n° 31073

Vingt histoires, à dévorer, à murmurer, à partager. Vingt manières de rire et de s'émouvoir. Vingt prétextes pour penser à ce que l'on oublie et pour voir ce que l'on cache. Vingt chemins pour aller du plus léger au plus sérieux, du plus grave au plus doux…

Le Paquet

nº 32293

Un homme tire un énorme paquet auquel il semble tenir plus que tout. Que renferme-t-il donc ? Lorsque le monde s'effondre, la question n'est pas de savoir ce que l'on sauve, mais ce dont on ne peut se débarrasser.

Parfums

nº 33264

« En dressant l'inventaire des parfums qui nous émeuvent, on voyage librement dans une vie. On respire et on se laisse aller. Le temps n'existe plus : car c'est aussi cela la magie des parfums que de nous retirer du courant qui nous emporte, et nous donner l'illusion que nous sommes toujours ce que nous avons été, ou que nous fûmes ce que nous nous apprêtons à être. Alors la tête nous tourne délicieusement. »

Parle-moi d'amour

nº 32457

FEMME. Les enfants ! Comme si tu les connaissais ! Tu t'en es préoccupé de tes enfants ?
HOMME. J'ai toujours eu leurs photos sur mon bureau !
FEMME. Et c'est en les regardant en photo que tu les as élevés peut-être ? C'est toi qui les as torchés ? Tu t'es réveillé la nuit lorsqu'ils étaient malades ?

La Petite Fille de Monsieur Linh

nº 30831

Un vieil homme debout à l'arrière d'un bateau serre dans ses bras un nouveau-né. Il se nomme Monsieur Linh. Il voit s'éloigner son pays, celui de ses ancêtres et de ses morts, tandis que dans ses bras l'enfant dort.

Quelques-uns des cent regrets   nº 34368

Roman de réconciliation par-delà la mort, roman d'amour pour une mère, *Quelques-uns des cent regrets* prend au cœur. Construit comme une tragédie grecque, il possède la force et la simplicité des existences dont il se fait l'écho.

Le Rapport de Brodeck   nº 31315

Au lendemain de la Seconde Guerre mondiale, dans un village isolé par les montagnes, Brodeck établit de brèves notices sur l'état de la flore. Miraculé des camps de concentration, il n'a jamais essayé de lever le voile sur l'éventuelle culpabilité des villageois dans les horreurs qui ont touché son entourage.

Trois petites histoires de jouets   nº 31981

« C'était un petit Pierrot bancal, mal peint, au sourire de mystère et de mélancolie, un pantin à trois sous que l'on vendait dans les rues jadis. Il sentit s'ouvrir dans sa chair une immense déchirure, comme si d'un coup et sous l'effet du regard de ce Pierrot de bois, tout son être se fendait en deux, jusqu'à l'âme. »

*Trilogie de l'homme
devant la guerre*   (Majuscules)

Cet ouvrage réunit *Les Âmes grises*, *La Petite Fille de Monsieur Linh*, *Le Rapport de Brodeck* ainsi que *Jean-Bark* en un seul volume.

Meuse l'oubli, roman, Balland, 1999; nouvelle édition Stock, 2006

Quelques-uns des cent regrets, roman, Balland, 2000; nouvelle édition Stock, 2007

J'abandonne, roman, Balland, 2000; nouvelle édition Stock, 2006

Le Bruit des trousseaux, récit, Stock, 2002

Nos si proches orients, récit, National Geographic, 2002

Carnets cubains, chronique, Librairies Initiales, 2002 (hors commerce)

Les Petites Mécaniques, nouvelles, Mercure de France, 2003

Les Âmes grises, roman, Stock, 2003

Trois petites histoires de jouets, nouvelles, Éditions Virgile, 2004

La Petite Fille de Monsieur Linh, roman, Stock, 2005

Le Rapport de Brodeck, roman, Stock, 2007

Parle-moi d'amour, pièce en un acte, Stock, 2008

Le Paquet, pièce pour un homme seul, Stock, 2010

L'Enquête, roman, Stock, 2010

Parfums, récit, Stock, 2012

Jean-Bark, Stock, 2013

De quelques amoureux des livres…, Finitude, 2015

L'Arbre du pays Toraja, roman, Stock, 2016

Au tout début, Æncrages & Co, 2016

Inhumaines, nouvelles, Stock, 2017

L'Archipel du Chien, Stock, 2018

Ouvrages illustrés

Le Café de l'Excelsior, roman, avec des photographies de Jean-Michel Marchetti, La Dragonne, 1999

Barrio Flores, chronique, avec des photographies de Jean-Michel Marchetti, La Dragonne, 2000

Pour Richard Bato, récit, collection « Visible-Invisible », Æncrages & Co, 2001

La Mort dans le paysage, nouvelle, avec une composition originale de Nicolas Matula, Æncrages & Co, 2002

Mirhaela, nouvelle, avec des photographies de Richard Bato, Æncrages & Co, 2002

Trois nuits au palais Farnese, récit, Éditions Nicolas Chaudun, 2005

Fictions intimes, nouvelles, sur des photographies de Laure Vasconi, Filigrane Éditions, 2006

Ombellifères, nouvelle, sur des dessins d'Émile Gallé, Circa 1924, 2006

Le Monde sans les enfants et autres histoires, illustrations de Pierre Koppe, Stock, 2006

Quartier, chronique, avec des photographies de Richard Bato, La Dragonne, 2007

Petite fabrique des rêves et des réalités, avec des photographies de Karine Arlot, Stock, 2008

Chronique monégasque, récit, collection « Folio Senso », Gallimard, 2008

Tomber de rideau, poème, sur des illustrations de Gabriel Belgeonne, Jean Delvaux et Johannes Strugalla, Æncrages & Co, 2009

Quelques fins du monde, poème, avec des illustrations de Joël Leick, Æncrages & Co, 2009

Le Cuvier de Jasnières, avec des photographies de Jean-Bernard Métais, Éditions Nicolas Chaudun, 2010

Triple A, poème, avec des illustrations de Joël Frémiot, Le Livre pauvre, 2011

Autoportrait en miettes, Éditions Nicolas Chaudun, 2012

Rambétant, avec des photographies de Jean-Charles Wolfarth, Circa 1924, 2014

Inventaire, avec des photographies d'Arno Paul, Light Motiv, 2015

Le Livre de Poche s'engage pour
l'environnement en réduisant
l'empreinte carbone de ses livres.
Celle de cet exemplaire est de :
200 g éq. CO_2
Rendez-vous sur
www.livredepoche-durable.fr

**PAPIER À BASE DE
FIBRES CERTIFIÉES**

Composition réalisée par MAURY-IMPRIMEUR

────────────

Achevé d'imprimer en avril 2019 en Espagne par Liberdúplex
08791 St. Llorenç d'Hortons
Dépôt légal 1re publication : mars 2019
Édition 02 - avril 2019
LIBRAIRIE GÉNÉRALE FRANÇAISE
21, rue du Montparnasse – 75298 Paris Cedex 06